夢の蛇

Snake in My Dream

田原

Tian Yuan

思潮社

夢の蛇

田原詩集

思潮社

目次

装幀＝芦澤泰偉

夢の蛇

歌声

私は歌声の中に見た
地平線の上に延びている道
少年の私は
その上を走る
南へ
私が夢見る
藍色の果樹園に向かって

果てしなく広々とした水
私の左で溢れて白く
それはすでに海とかかわりがない
私の右には
遠く眺めるのを阻むはげ山があり
その麓に山ほど積まれている
風の死骸

マストが折れた船は
リズムの渚に座礁している
船乗りが近づくのを待っているかのように
ユリカモメが飛んでゆき
ダイサギが舞いおりる
かれらが美しい羽根で撒く

音符の光は大地にきらめいて響く

歌声の手は私の目をそっと閉じ
内心の雑念がほじり出される
木は汚された空を掃除する
野生の馬は静まりかえった荒れ地を奔り抜け
私の肉体の中で暴れまわる
恐ろしい鷲は空を旋回しながら
鋭い目で地上を物色する

山はもう雄大ではない
空の果てはもう遠方とはいえない

浮浪者

浮浪者――今になってもまだ
この言葉はしばしば
私の記憶の中で
オーロラのようにきらめく

それらの年　私はとても若く
壮健な馬のようだった
時代という見えない鞭に

荒野へ追い払われた

荒野には群生する野草のほかにも
禿山も幾つかあった
それらはいつも私の
遠望する視線をさえぎり止め
私の郷愁を荒野に
さまよわせたが
当然　暴風もさえぎり
漂泊する安らぎを与えてくれた

南向きの私がしばらく住んだ家は
今もよく私の夢に現れる
依然として赤い煉瓦と木の窓

吹きさらしと狼の遠吠えを
独りぼっちで寂しく我慢する

その家の前で
偶然に浮浪者と出会った
彼は山の東から来たという
顔中ごわごわの髭だらけで
年はいくつなのか
見分けがつかなかった

ある日　私たちは親しくなった
彼は妖怪の潜伏する湖から
獲ったという鮟鱇をくれ
小さな声で私に告げた

自分は逃亡犯だと

彼のまなざしに潜んだ恐怖を思い出すと
たちまち世界の恐ろしい一面が見える
彼がどんな罪を犯したのかは
私には分からない

何十年が過ぎ去ったが
突然　私は不意に荒野へ
彼を捜しに行きたくなる
たとえ白骨だけでも見つけたい
あるいは墓標だけでも

階段

画家廣戸絵美に

陽射しは階段の暗闇を締め出している
時間の大きな流れが
階段に沿って勢いよく流れ
ひっそりした空間は埋没しているように見える

絵筆を持った手は
光を持ち上げるように
階段を暗闇の中に復元し

立体の現象を平面の抽象に変える

陽射しが階段に反射する光に
感動。人生は何と似ていることか
反射光の中に漂っている雲に
太陽の移動につれて　とりとめもなく変化して消える
そうしてまた太陽の昇るにつれて現れる

階段は一つの秩序と規律
その哲学の中に奥義を宿している
階段は一種の沈黙
暗闇と孤独の圧迫に黙々と耐えている
階段にはいろんな構造と材質がある

急な階段、緩やかな階段、広い階段、狭い階段
そうして木の階段、セメントの階段
しかし必ず実行する仕事は一つしかない
昇ると　太陽との距離が縮まる
降りると　地平線や広々とした大地へ出る

階段は相手に知らされていない凶器
停電の夜　われわれはびくびく足で段を探る
階段はときに椅子でもある
休んだり腹を立てたりするひとときの癒しの場である

われわれはつねに階段の存在を軽視している
ほんとうは　みな心の中に階段を持っているのに
それはいつもわれわれを試している

昇ってゆけるか降りてゆけるか　どうかを

草原にて

羊を屠るモンゴル刀がきらめく
父祖伝来の猟銃が狼を退ける
砂漠を通り抜ける細い川は鞭のように
草原の背中で音を立てる

牛の糞で塩味の奶茶《ミルクティー》を沸かす煙が空にのぼり
獲物を狙う鷹の眼差しが柵を越えて突き刺さる
馬頭琴　ホーミー　オルティンドー

あちこちに木霊する悲しみ
草原の下　恐竜は眠りこけ
八千数百万年

競馬　相撲　弓術
襲われ内臓を食い尽くされた馬
目は見開いたまま
カラコルム　オボ*　ラマ寺院
地平線は弧状の空に連なる

羊の干し肉　チーズ　馬乳酒
銀の茶碗には太古の豪放がなみなみと
ゲルに吊るされた狼の毛皮
その眼は草原を記憶している

神と崇めるチンギス・ハーンが
どこに眠っているか　誰も知らない

＊遊牧民の信仰の対象、旅の安全を祈願する石積。

蜘蛛の夢

梓路寺*にて

I

木魚が乾いた音を響かせ
重々しい山門が開き
蓮の花に端座する菩薩が
にわかに身じろぐ
読経の声は行く雲と流れる水のよう
窓の外の菩提樹の根を潤す

2

大きな石の下で一匹の花蜘蛛が
まっぴるまの夢を見ている
彼は石に隠れて　自分の背模様を
永遠のものにしたいと思う
夢想は旅人の気まぐれに驚かされ
蜘蛛は小便を漏らし　草むらに逃げ込む

3

月が人口湖に溺死すると
見渡す限り　水が生き生きしてくる
捜索する船は時間を忘れ
時間は山々の成長を忘れる

心中という寓話は　以後
水面に浮かび上がることはない

4

出現した虹は
恋人の落としたネッカチーフのよう
夕暮れ時の高い峰に掛かる

5

灰色の瓦と白い壁の齢《よわい》は千年
その影は陽を浴びて
水の流れる稲畑に延びる
虫の声はもう一つの経文
稲穂がくれに住む少女のために

祈りをささげる

6

私の宿は水のほとり
せせらぎの音にいつまでも眠れない
青い山と竹の林に向き合って
木魚になりたくなる

＊安徽黟県宏村奇墅湖に隣接し、山と水に囲まれ、唐の時代（西暦八四三年）に建てられた。それから何代もの王朝に引き継がれて改修増築が繰り返され、その壮観な建築群が作り出された。当地の仏教を大いに盛んにした禅宗の古刹である。元代、明代と継続して改修されたが、ついには戦乱と文革の混乱ですべて破壊されてしまった。しかし二〇〇三年中坤集団公司が無償で巨額の資金を提供して再建し、その建築面積は一一七八〇㎡にも及ぶ。二〇〇九年初めに公開された。

津波

大地が揺れ動いてからは
空が傾いたまま
巨大な波は群れ飛ぶカモメたちが
空へ持ち去った

鐘の音は水浸しになったが
神はひとことも発しない
広々とした陽射しが波にさらわれても

空はまるで無頓着

なんという力！
船を山の上に座礁させ
海底にある千年の黒斑を
太陽に曝す

地平線は遠方に伸びる間もなく
失踪し
樹木は春を心待ちにしていたのに
突然根こそぎにされた

生き残った饒舌者
静かにしてくれ！

降ってくる雪に学べ
静かに降っては　跡形もなく消える

いま　言葉は余計
悲しみも無用
涙の塩分を
われわれの体内に結晶させよう

死者のために
生きているわれわれのために

かならず

かならず人々の中に帰っていき
嘲りや罵りを丁寧に聞き　暴力について考えを巡らす
かならず広場に出ていって
独断を指弾しごまかし欺きを暴き出す

ずらされた歴史をかならず糾し
その真実を復元する
失われた記憶をかならず探して取戻し

再びそれを浮かび上がらせる

咆哮する海とかならず直接向き合い
海とともにその残忍さを悲しむ
旋回する鷹をかならず仰ぎ望み
私の眼差しをその翼に委ねる

かならず山巓に学ぶ
——黒雲を突き破る鋭い剣！
かならず峡谷の木霊から
空中の枢の呟きを聞き分ける

燃え盛る松明にかならずなり
ひとりの人を永遠に照らす

かならず一つの流れ星と化す
暗い夜の彼方へ滑空してゆく

かならず唐詩に立ち戻り
古人の知恵を復習する
かならず文明に疑いの目を向ける
地球を壊滅の方向へ引っぱっていかないように

かならず洞窟壁画の太陽神を想像する
その笑顔にどれほどの辛い過去が隠されているか
かならず発掘された土笛を吹いてみる
まだ昔の悲しみを発することができるか試してみる

かならず自分に問いかける

自分は他人ではないのかと
かならずこの世を問いなおす
この世はかの世とは別なのかと

呪術

私は二つの呪術のあいだで成長した
一つは世間の呪術　合法のもので
全国が一斉に靡いた
一つは家の中の呪術　違法なもので
秘密の漏れるのを恐れた

お婆さんは呪術師だった
私が小さい頃　彼女はよくドアを閉め切って神になり

当時の迷信打破の運動に挑戦して
病人の身体に取り付いた悪霊を追い払った

世間の呪術師はまるで俗世界に下った神
彼のバッヂは人民の胸元に付けられ
国を挙げて万歳の掛け声で気合いを入れた

彼の威力は限りがなく
一言でソ連アメリカに追いつき追い越し
手の一振りで山を押しのけ海をひっくり返した
逆らう者は地獄へ突き落されるか断頭台へ送られた
従順な者は急に偉くなるか法の制裁からすり抜けた

彼に比べたら　お婆さんは芥子粒ほどにも小さかった

纏足の小さな足で　簡単な文字も知らず
呪術師だということは親戚近所の者しか知らなかった
世間の呪術は千万単位で数えられる人を殺害した
お婆さんの呪術は数人の病人を治療しただけ

天国は

私は緩やかな坂を登っていった
力を使い果たし
白髪が伸びてくる頃になって　やっと
永遠に登り着くことはない
と分かった

すでに天国に身を置いているのかどうか分からなかった
人の世のことはとっくに後ろに振り捨てた

慣れ親しんだ声は白い煙となって揺らめきのぼり
魚たちの目は大きな川で星々となった

天国が唯一の来世ではない
踊り子が見ず知らずの老人を囲んで踊るが
その老人の左手にはストーブの炎が握られ
右手は氷のような剣を
しっかりと握りしめている

その眼の真正面の広間には
押し切られた人の頭が
端座している
香のかおりを帯びた煙が
祭壇から出てくる

神秘の銀河は老人のすぐ後ろで
水音を立てて星の死体を流している
それらは遥かな桃源郷に
埋葬されるだろう
星たちは死んだ
死んだ星たちは
まだ光を放っている

銀河と老人の間で
身の置き所がなかった
私が口を開いて話すと　言葉は
すべて自分の歯でバラバラになった
ほのかに白い花の咲く

盆栽の前にやってきた
それは白い桜の花ではなく
杏の花でも梨の花でもなく
白い雲を使った作り物の
棉の実だった

天国には昼も夜もなかった
埃と汚染も
そして恨みもあくせくすることもなかった
どの山もみな持ち上げられる石
遠いところ　誰かが月の提灯を提げて
あっちへ行ったり
こっちへ来たりする

天国は緩やかな坂の
高さの一つにすぎない
それはちょうど夢の世界のようである
命があっという間に
通り過ぎてゆく宿場である

冬の季節

橋を渡るような遠回りをしなくても
対岸に着くことができる
氷の張った川面は私たちのために近道を提供した
冬の季節

はげ山は雪の白い帽子をかぶって
居眠りしている
白内障を患う太陽は

何度もよろよろして
氷雪の上で滑ってころぶ

雪に覆われて
あぜ道と草原は野生の馬にも区別できなくなり
木の影は氷に凍られる
鋭い北西の風は
家の軒で暖まる鳥をしかりつけている

寒さも煙の垂直な上昇を
封鎖できないように
山の険しい坂も雪豹は走る
氷の小屋の中でもエスキモーは春を夢見る
温泉も馬の尿ほどには暖かくない

河口は沈黙する大きな口となった
座礁した船は抜けた歯のように
航行という咀嚼力を失った
魚は氷層の下で空を忘れ
馬車の走り抜けた街路樹の上に
空っぽになった鳥の巣は
温もりの象徴である

夢の蛇

あなたのベルトが蛇になって
山腹にうねうねするのを夢に見た
ごつごつした樹は
樹冠を雷《いかずち》に削りとられたようだった

梢のない樹の幹は
まだ生きていた
広々とした水を隔てて

山の東側に立ち
昇る月を引っ張っていた

海につながる麓のその道を
私はまだ通ったことがなかった
両側に生長する梅の樹は
ひそかに四十の年輪を育てたが
まだ実をつけたことがなかった
つけたのは真冬に開花して
雪より白くて軽い　その花びらだけ
花が散り　雪が溶けたあとになってから
春はようやくやってきた

半島が野草の緑に覆われたあと

蛇はやっと深い穴の口から這い出た
その長い冬眠は
昼夜の区別をせず
死の色と文字の叫びを夢見た
孤独の形とすすり泣く音色を夢見た

暗闇に慣れてしまった眼を
光に適応させるため
蛇はメガネをかけた
もしかすると
蛇性の凶暴さを持っていたかも知れない

まだら模様の蛇はフレアスカートを穿いて
初夏の深夜に私の夢に這ってきた

恥ずかしげに腰をくねらせ
夢精したあとの私を何日も不眠にさせた

尋ね人

流れ雲そのもの　雌という属性　九〇年以降の生まれ
肩までかかる長い髪　眉にかかる前髪
湘江を漂っていったが
その日は無風　故に行先は不明

身長一六三センチ　体重測定はしたことがない
生まれは六月一日　子供の日
端正な目鼻立ち　二重の瞼

太からず細からず　ただし隠れ肥満の疑いがある

性格には二面性あり
おとなしい時は猫のように　怒り出すと豹のように
笑えば花のように
怒れば火のように

失踪前　手を怪獣「天狗」に嚙まれて傷を負い
病院で幾針も縫うという羽目になった
臀部にはまだ針の跡が残っていると思われる

標準語は毛沢東よりも標準的に話し
耳には春風よりも心地よい
陽の当たる芝生の上で英語を少し学習したので

もしアメリカに流れついたら
丸覚えの自己紹介はしないだろう

弾き語りが好きで　追っかけはもっと好きで
崇拝するアイドルは周傑倫
失踪したその日
下は白っぽいジーンズを穿き　上は黒のダウンを着て
毛糸のマフラー　茶色の革靴
典型的な辛い物好きの地方娘　それなのにスウィーツ好き
ケーキが目に止まれば　祖先のことも忘れてしまう
いつも月末になると　数日間は腹痛ということになる

湘江の岸辺に育ち
いつも海を夢見ていた

湘江に架かる橋が増えれば増えるほど
両岸に建つビルはますます高くなり
流れる水はますます少なくなり
ある日　湘江は干上がってしまった
魚が翼を広げて飛び去れたのかどうか分からないが
彼女同様に行方不明

樹と鳥

樹は鳥たちの家であり
鳥たちのように中空に浮かぶ魂である
昼は小枝で鳥たちに餌を探させ遊ばせる
夜は緑の葉の間に鳥たちを休息安眠させる

鳥は絶えず歌声を撒き
樹は絶えず上に向かって伸び
下に向かって根を張る

空や大地のためではなく
お互いの信頼と夢のため

鳥にとって樹は　永遠の信頼の宿り
樹にとって鳥は　自分が飛ぶという夢
樹はたとえ伐採されても
鳥たちの秘密を年輪の中に隠すだろう
鳥はたとえ射ち落とされても
くわえて運んだ樹の種から芽を出させるだろう

水は

野田弘志画伯に

水は山を通り抜けて
ゴツゴツの石をツルツルに磨き
あなたの足下へ流れてくる

あなたの想像は泳いで
時間の源へ溯上してゆく
帆を張っていた船は錨を下ろし
それが遠く溯ってゆくのを見送る

渚の水鳥は驚いて高く飛び上がる
翼を広げた鳴き声は
それを歓送するかのような拍手

空はあなたのために晴れ
あなたは手を伸ばして白雲を捕まえて
キャンバスに貼る　だから
雲は額縁から漂い出られず
青空は永遠のものとなる

デルタのあたりで
風は若草を吹き揺らし
その小さい島は覆われる
島と一緒になりたい蛇は

月の下で眠れない
橋の上を行き来する足音が
闇夜の静寂を打ち破る

あなたの凝視の中
絵の具はもう一つの水
それはモデルの乳房と眼差しを流れ
死んだ鳥はそれによって生き返り
荒涼とした沼のほとりの枯れ木も
芽生えの衝動にかられる

夜桜

月光が灯したランプのように
枝先でゆらめき燃えている
静けさにひたたむきさが滲み出し
ひたむきさからやさしさが伝わってくる

白の上の薄紅は
少女の頬の初めての紅潮のように
春寒の夜を柔らかく暖かくし

瞬く星々をいっそう遥かなものにする

逆さの夜桜が映る壕によどむ水も
流れの記憶を取りもどす
それらは生き生きと月を横切り
夜の皮膚を　そして
群れ取り囲む花びらの間を流れる

中空と水面で咲く夜桜は
小さい炎のように
私たちの眼前の暗さを照らす
聳える城閣はもはや威厳をなくし
歴史の血も人を戦慄させることをやめる

どんな力も夜桜の咲くのを阻止できない
億万トンの暗さも
かよわい花びらを押さえつけられない
銀河の水が降り注いでも
自由へのあこがれを消すことはできない

海面と陸地を撫でてきたそよかぜは
夜桜の蕊をそっと慈しむ
そして　高い城壁を越えて
花びらたちのささやきを
遠い夜明けへと運んでいく

落日

霜害にあった赤いリンゴのように
成熟をもって
悲壮な墜落を明らかにする

瞬間の哲学

1

木は老いた
少女は馬に乗って
私の窓の前を通り過ぎた

2

三階のベランダで洗濯物を干す人がいる
抑えきれない水滴は若い婦人の

堪えられた乳房のようである

3

時間が飛翔している
馬に乗った少女も飛翔している

4

黒猫は頽れた垣に伏せて
その片目を丸く見張り　別の片目は閉じている
愛情を渇望する彫刻のように

5

ひっきりなしに泣く声が遠くから
伝わってくる　顔は見えない

道端に供えられた白い花束と酒

6

誰が空で大声で叫んでいるのか
私たちは昼のただなかにいるのに
闇夜をそぞろ歩いているようだ

7

真の雨が降ってきて
蹄の音を濡らす　路は
疲れて消えてしまうほど

8

太陽も疲れた

星と月の会話は止まった
風は木の懐に寄り添っている

9

忠実の道は足取りを騙したことがない
しかし人間はやはり路で迷ってしまう

ユダヤ人

I

千年ほど前のことだ
彼らはシルク・ロードを歩き通して
私の祖先たちのところにやってきた
脆い中国磁器のようだった

男たちは黄河と向き合い
自分のひげがゆっくりと

白くなり　そして抜け落ちるのを見た
女たちは豊満な乳房も
だんだん砂埃に吹かれてやせ衰えた
彼らは皇帝に可愛がられ
八つの姓を賜って
時代の樹となった

彼らがはじいたソロバンと
蓄積した金貨は
いまも汴京の地下で
光を放っている

2

百年ほど前のことだ

ヨーロッパに散らばっていた彼らは
集団で出奔する
残された最後の気力で
夜を徹してアルプスを乗り越え
神の傍らに逃げ込んだ
しかし　多くの同胞がまだ暗闇の中に
引き留められていた

現在　彼らの生活は得意そのものだ
夢想する広さは地球より大きい
また陽射しも独占したい
同じようなソロバンを使い
裏で　一つの帝国を
パチパチと音が出るほどに

はじき出すことさえできる

一夜

馬は一夜のうちに手綱から逃れる
道は一夜のうちに塞がれる
雪は一夜のうちに溶け去る
雲は一夜のうちに散り散りになる

旅人は一夜のうちにふるさとに帰る
理想は一夜のうちに実現する
港は一夜のうちに沈没船を呼び戻す

湖は一夜のうちにすっかり涸れる

バラは一夜のうちに花弁を残らず散らす
処女は一夜のうちに汚される
駱駝は一夜のうちに渇いて死ぬ
英雄は一夜のうちに疑いをかけられる

彷徨える亡霊は一夜のうちに安住の地に到る
星々は一夜のうちに雨粒となる
鬼火は一夜のうちに暗闇を征服する
荒地は一夜のうちに良田となる

池を一夜の星の光で溢れさせ
野生馬を一夜のうちに草原にたどりつかせ

女神を一夜のうちに人間界に下らせ
チューリップに一夜のうちに愛の箴言を花開かせ

一夜のうちに　パンを飢える者の前に
一夜のうちに　失意の人を思い止まらせ
一夜のうちに　悪夢を風で吹き飛ばし
一夜のうちに　あらゆる戦場を子供たちの楽園に変える

月光

月光は樹のウェディングヴェール
その下で餌をついばむ赤い鶏冠のメンドリは
宝石を生み落とす
川は底が見えるほどに澄みわたり
樹の影と流星雨が流れてゆき
伝説の中の石のアーチ橋が
いつまでも消えない虹のように
水面に優雅に架かる

その光景が出現するのはいつも
——太陽が山に沈んでゆく西方

想像の中を伸びてゆく梯子は
言葉の核心に突き当たる
核心とは審美の押しボタン
それは小さな豆のように
羞恥の中に隠してあるが
隠しおおせないのは山と海
それは東西にうろつき
南北にうねる

想像を明るく照らすのは偶然
偶然とは思いがけない出会いということ

ちょうどこの世にやってきた私たちのようだ
理由はない
むしろ運命として決まっているのだ

樹木は月光の中の花嫁
水の流れは初夜の呻き
私がこのように思う時
空間は時間の渇望を黙認しているのだ

奇妙な世界には色彩が充満し
空の月は一輪だけだが
大陸と島々を照らしている
地上の楽の音は数えきれず
まるで私の心の中だけに反響するようなのだ

龍

たしか江南の古い町の
古い通りでのこと　私は龍に出会った
伝説中のそれとそっくりだった
通りにあるただ一つの曲り角に来た時
龍がその南方訛りで私に言ったのだ
今までの私の歩みをそこに止めるようにと

彼女はまるで私のデジタルカメラの

フラッシュのように消えた　鱗の輝く龍は
満面に生気があふれ　その秋の日の
高く清々しい空のようだった

晴れた空を頭上に
北へ曲がると　偶然に横目にちらと見えた
軒下だったか　木の門の上だったか
歳月に磨り減って　はっきり識別できないほどの
トーテムポールを見た　あるいは龍が彫刻されたその時に
天にも海にも二度と戻れない運命になっていたのかも知れない
彼女たちの余命いくばくもない運命は
人の同情をさそう

柳の並木に呼び寄せられるように

私は古い通りの北にある池まで行った
池は大きな掌のように
岸辺の柳の木をそよがせて
私に涼を送ってきた　数羽のガチョウが
水面に遊び　その向こうを
一匹の蛟《みずち》が泳ぎ回っている

黄河は北方の龍
泥も砂も共に魚も龍も入り乱れ東の海へ流れる
長江は南方の龍
一刻も停まることなく峡谷を逆巻いて流れる

その古い町を離れた後になって　不意に感じたのだ
私が通った狭く長いあの古い通りが

どうして龍でないと言えるだろうか
江南の大地にわずかな余命を保っているのは
まるでチャンスを伺って立ち上がり
旧弊から脱け出そうとする象徴のようだ

フフフ

この笑い声がどのようにして国境線を越えているのか、私には分からない。何を通って私の耳に入ってくるのか、海底ケーブルか、それとも宇宙の衛星か、私には分からない。要するに、有難い時代だと思うべきなのだ。

フフフ　それは人の笑う気配
彼女は泰山の麓で暮らしている
彼女とは会ったことがない
顔を合わせる機会はあったけれども
彼女が約束を守らず
私たちはすれ違うことになった
だが　彼女のことは許した

その日は彼女の実家の法事で　父のためにその土地で
家事を取り仕切らなければならなかったからだ
後日　彼女が寄こした大量の詩稿と文章を受け取って
やっと知った　健康な子宮という産婦人科の保証をいいことに
勝手気ままに過ごしたので
よくない生活習慣を身につけたらしい

幼い頃お祖母ちゃんの家で成長したが
悪い習慣はその間に身についたものかも知れない
例えば　小学校に上がったのに
いつまでも校門のところにいて
泥棒と同じように塀を飛び越えて校内に入った
例えば　もう不惑の年になろうというのに
相変わらず独身の不規則な生活の部屋で

夜明けと日暮れが入り混じり
夢の中には太陽と月が思いのままに出入りしていた

生まれつきの偏頭痛があり
痛み出すと額には汗がどっと滴り
浮き出る青筋はミミズのように這った
日頃から睡眠薬を飲んでからでないと眠りに入れなかったが
熟睡してからは元通りの典型的な無政府主義者だった
職人の仕事を尊重しようとはせず
ベッドの頭の部分をベッドの側面にしてしまい
ベッドの側面を枕にしてしまうのだった

私は本に挟んであった写真で彼女を見ただけ
レンズの向こうに眼差しは

村娘のように純朴だった
いや　村の女と言うべきか
というのも結婚の失敗という事実があるからだ
彼女と別れた男を私は知っている
彼女が現在心を寄せているのは江南だということも知っている
彼女は理想をすべて詩の中に書き込んだ
故郷の半島に背いて
川の中州に愛の巣を築き
そうしてアヒルを飼い野菜を育て
江南の種を彼女の子宮に着床させ
本物の現実主義の村の女となり
花のような女の子を家の庭に咲かせた

半島の家でぶらぶらしていたからか

彼女は海の性格を持っていた
こよなく愛する江南が
黄河が勢いよくずっと流れ下って東海に注ぎ
その上に泰山の頂に水浸しにするように
半島を水浸しにして彼女に注ぐことを渇望した
彼女は幸いだった
南水北調*という工事を大いに起こし
愛の距離を縮めた

絶えず耳に入るフフフという声は
少なからぬ悲しみを包み隠している
彼女は運命に不意に傷つけられた人
ぼろぼろの綿入れを着て
交通事故で死んだ父親のために公式な裁きを求めたこともある

少し西洋かぶれのところもあり
先の尖ったキリスト教会で鐘の音を聴くために
サンクトペテルブルグとシベリアへ遊びに行きたがっている

＊長江の水を北方地域に引水するプロジェクト。黄河を横断して北京まで全長一二四六㎞。

無題Ⅰ

1

猫は夢の化身
荒れ果てた時間の壁の上で仮眠する
風は落ち葉を吹き飛ばして
化石に隠した太古の秘密を暴き出そうとする

2

冬の樹木はみな深く思う

もうやってこない雨宿りする人
鋏のように陽射しを切る葉っぱ
雪に覆われてしまった鳥の巣
また　凍って沈黙しはじめた川

3

化石は時間を貫いて沈黙を学ぶ
柩は朽ちることから魂を守る
鬼火は亡霊にとりつかれて明滅する
ハリケーンは空の手先として大地を吸い込もうとする
天国は存在しないのに
多くの人が行けそうだと信じる

4

緑色の水蛇は川の流れに沿って静かに泳いでいる
どこに行くのだろう
長い冬眠からたくさんの夢を彼方に運ぼうとするのか
それともお腹がすいて蛙を追いかけているのか
どちらにしても彼女は水蛇座のことを知らない

5

満潮の夜に海岸にやってきた
暗い中　海は冷たくて怖かった
海は地球を呑み込もうとするほど逆巻いた
でも　きみを抱きしめてからは
海は私の血流よりおとなしくなった

6

ある日　私の地平線が消えた
大地に隠されたのではないかと思ったら
雲が低くなって抗議していた
弁解しても言葉が通じず
仕方がなく　方向も分からないまま
遠方の遠方を理解しはじめた

7

きみと驟雨のように月光を浴びながら
ベンチに座る
消えた鳥の囀りは夜を深め
かすかに聞こえるのは銀河の流れる音
頭上を回ってゆく月はけろりとして
私たちの短い愛を嘲笑する

8

始祖鳥を夢見た
翼は太陽を遮るほど大きかった
羽の色には気づかず　気づいたのは
その爪が人骨をしっかり摑んでいること
朝　目覚めたときに思った
人間が世界中あちこちにいるのは
もしかすると始祖鳥のお陰かも知れない

9

誰に告げられたかは忘れた
あらゆる山はみな水から生まれたと
水の骨が隆起し　波の音は岩に潜むと

ある登山家から巨大なホラガイの化石をもらった
エベレストに散乱しているという

10

夕日は麦畑を燃やしたかのように赤く染めた
一人の少女と一人の少年はその中に入って横になった
柔らかな麦苗の上　裸になった二人は
初めての暖かさを体験した
少女は十一歳　少年は私
そのとき九歳だった

11

記憶の色は描けば描くほど色がつかない
色がなくても死んだお爺さんの顔と

その歯茎をむき出しにした笑みははっきり覚えている
それから　彼が眠る墓も
成長する山のように
年々私の記憶の中で高くなる

12

いつの間にかアサガオが咲いた
小さな弱々しい盆地だが
陽射しを集める
ぶんぶん飛び回る蜂が
花の鬚の蕊を嗅いだりして
その香りをハチミツにするのだ

無題II

I

この夏　ビワの木の下で過ごした
いくつかの虫の鳴き声に慣れ
それを真似ると
私は虫の仲間になった
もともと私も含め
人は虫から生まれ変わったからかも知れない

2

毎日　家の前を横切る小川を渡る
この名のない川は海に繋がって
どこへ流れていくかは不明
上げ潮の時　マトウダイが迷子のように泳ぎ
下げ潮の時　川底の黒泥に動くものがある
細長い小川は海の温度計のようだ
ひねくれた性質の海がいつ横暴な津波を起こすか
測ることができる

3

一匹の蚊が私の睡眠を奪う
電気を消すと　耳元で爆撃機

電気をつけると　ステルス機
重さのないほど小さな蚊の前に
七十キロもある私が一撃に耐えられない
蚊は凄い！

4

神様に近づきたければ路銀をたくさん用意しなければならない
古代に戻りたければ時間を逆流させなければならない
砂漠を通り抜けたければオアシスを知らなければならない
銀河を泳ぎたければ星のような光を放たなければならない
遠い未来に行きたければ多くの死を体験しなければならない
戦争を無くしたければ人間は植物に学ばなければならない
ずっと今に居たければ時を留まらせなければならない

5

時折　子供の頃の大きい黄色の犬を思い出す
彼はとてもハンサムで　立つと私より高かった
よく走り　野原で捕まえたノウサギを銜えて帰ってきて
その日のご飯をご馳走にしてくれた
彼が月に吠えた覚えはないが　おとなしくはなかった
春になると　村の雌犬と尻をつないで長かったのを何回も見た
すぐ隣の子供の暖かいうんこをきれいに食べるのもよく見た
ある日　当時の私を知り尽くした彼が突然失踪した
数日後　彼を殺して食べた隣村の人から
兄が大きな毛皮を取り戻してきた
それは彼の最後の姿だった
いまもその毛皮は母親が大切にしている

6

あの湖が忘れられない
二つの低い丘に挟まれていた
そのほとりでそよ風に吹かれる草を
一本の筆にすることを想像した
湖水をつけて　大地や断崖絶壁に
愛を大きく　たくさん書きたい

7

本当の静けさは古墳に埋葬されているのではないか
そう思うと　古墳に住みたくなる時がある
ただ見知らぬ死者に会いたいだけでなく
千年以上前の空気も吸ってみたいし

副葬品にも触れてみたい
もちろん　言葉を交わすことがあれば
千年前の日本語も聞きたい

8

時計回りに地球を一周歩きたい
美しい異国風景を見るよりも
爆弾とミサイルの破片を拾い
子供たちの玩具を作りたい
自分の足跡で
傷だらけの大地を慰めたい
たとえ地雷を踏んだとしても

9

想像の海に潜った日から
私は魚たちの言葉を覚えはじめた
そして竜王という神から許可を得て
沈没船に入って中を見た
時間は錆びて　魂も朽ちていた
でも　すべてが暗いというわけではない
沈んできた月は明るい

ポプラ並木の南一キロメートルのところ
廃廟から幽霊がよく出るという噂があった
小さい頃は恐怖で近づけず
大人になってから友人と何度も行ってみた
蜘蛛の巣と変な虫以外には何もなかった

幽霊は神と同じ
ただ人間によるもの

11

黄昏がなければ街に灯が点ることはない
鳥がいなければ空はさびしくなる
洪水がなければ地平線が消えることはない
戦争がなくても人間は味方どうしで殺しあう
氷河があるからこそ億万年前の水を味わえる
歳月はすべてだが
ただ才能だけは打ち壊すことができない

12

かつてコオロギの鳴き声が好きだった

たくさん捕まえて焼いて食べるのも好きだった
コオロギを戦わす遊びは嫌だった
褐色のコオロギは大地の精霊のように
歌い続け　いまの私にとっても
最高の歌手だ

四行連詩

I

太陽は時の苔で滑って転んで沈んでゆく
大地をきれいに染めた黄昏は闇の幕を下ろす
巣に帰る鳥たちが翼を休めて
明日もっと空の重さを知るように

白斑の始祖鳥が未来から飛んできた
衰弱した太陽と月を載せて
驚いて見上げる顔たちは

生きているのか死んでいるのか

II

化石は時が刻む跡ではない
消え去った命の形を再現できるように
億万年の息を凝らして
地球の記憶のかけらが目の前に

鬼火は夢の中でしばらく燃え
荒地をゆっくり移動しはじめる
寒がる魂を探しているかのよう
やがて地平線を明るませて消える

創作と翻訳のはざまに
――あとがきに代えて

北京外国語大学雑誌「若葉」の問いに答える

一、詩を読む

1．あなたが最初に日本語の詩に強い興味を持ったのはいつのことですか。読む前にこの国に対しての理解あるいは固定観念はありましたか。あったとしたら、読んだ後、それらは変わりましたか。

日本語に興味を持ったのはおそらく日本に留学する前に川端康成や三島由紀夫の小説を読んでからです。興味の最初のかすかな芽生えは、小学校のとき先生が授業で魯迅と郭沫若が日本で医学を捨てて文学の道を選んだと話してくれたことだと思います。日本に留学する前に日本の現代詩の中国語訳を少し読みました。周作人が訳した石川啄木や八〇年代初め細々と中国語に訳された何人かの詩人でしたが、実を言うと強烈な印象は何もありませんでした。だから日本に留学する前、ずっと日本の現代詩に対しては一種の偏見を抱いていました。日本は文明的な経済大国のくせに尊敬に値する詩人はいないと。こういう言い方は失礼かも知れませんが、それが事実でした。中国はちょうど改革開放がはじまったばかりで、私だけでなく国内の詩人や詩の評論家および詩の愛好者のほとんどが私と同じような印象を持っていたと思います。どうして真に中国の読者を征服するような日本の現代詩人がいないのか。その原因を考えてみると、それは日本に偉大な現代詩人がいないのではなく、我々の翻訳が追いついていないということにあったのです。言い換えると、谷川俊太郎の詩が中国に上陸する前、私が読んだ中国語に翻訳された日本の現代詩を見てみると、我々は世界文学に通用する普遍性を持った優れた詩人の作品を掘り出し発見することができていなかったのです。日本の現代詩人が中国の読者の眼中になかった原因はさまざまですが、それは翻訳上の問題のみならず、二国間の長期にわたる対立や歴史的怨念が産み出した埋めようのない隔たりが主な原因になっています。

私にとっては、ある国に固定観念を持つと言うよりは、まだ足を踏み入れたことのない国に対して強烈な好奇心を持つと言った方がぴったりきます。文学は政治を越えるべきものので、日本のような文化経済大国は言うまでもないことですが、一歩退いて言ったとしても、我々のイデオロギーと対立し、その上発達していない国の詩人であったとしても、私は同じように彼らの作品を愛し、彼らを尊敬します。

2．あなたは本の中で、谷川の詩を読んで、思わずペンを取って中国語の翻訳を手元に書き留めたと語っていますが、これは何が原因なのでしょうか。瞬時に日中間でどこか通じ合うものを見つけたということなのでしょうか、それともすばらしい詩句に出逢って、違う文化の中で共有したいと思ったのでしょうか。

私は良い詩人は言葉と修辞に非常に敏感であると思います。良い詩を読んだり、良い詩句にたまたま出逢ったとき、足を止めたり、繰り返し読み返したりするのは、好奇心がそうさせるだけでなく、詩人の本能がそうさせるのです。一篇の良い詩やすばらしい詩句は、闇夜の星の光のように明るい座標であり、また闇夜を打ち破るただ一つの光でもあるのです。共鳴した詩人にとって、肉体的精神的に大きな慰めであり励ましなのです。そのようなすばらしい詩句に心を動かされないのは、私に言わせれば犯罪と同じことです。

最初に谷川俊太郎の作品を読んだとき、そのまま翻訳して書き留めたのは、職業的なものではなく普段の習慣から出たのでもなく、当時の私の日本語の水準では言語の奥深くに入っていってその奥深さを感じ取りようがなかったので、母語の助けを借りざるを得なかったことと関係があると思います。あれらの詩にとりあえず中国語の服を着せることは、理解するのに便利だっただけでなく、詩の優劣を識別するのにも役立ちました。私は本を読むときには手に何か書くものを持ち、余白に書き込んだり下線を引いたりしていますが、それはしっかり記憶するため、更にその鍵となるところと煌めく言葉を摑み取るためです。谷川の作品を自分の母語の文化に連れてゆき、皆さんに楽しんでもらうことになるのは修士課程に入ってからのことです。

3．一人の詩人として詩を読むとき、普通の人とは違った角度を持っていますか。

いわゆる違った角度というのは専門か専門でないかの区別ということでしょう。詩を作った経験のある者や創作経験豊かな詩人たちは、一篇の詩の全体の構造やコンセプトをほかと比べてみることで、その詩の要となる組み立て方や表現上の細かなことに留意することができるし、自分の読みと理解が合理的であるという根拠を見つけることができるし、その詩の隠喩の本質に深く入り込むことができるのです。

4．現在多くの人が、非叙事詩を読むときにいつも理解できず、読んだものを真に自分の理解へと変えることができなくて戸惑っていますが、これについて何かアドバイスはありますか。

これはおそらく多くの読者に共通の悩みでしょう。私は良い詩とはわかるとわからないの間にあると考えています。小説や散文と違って、詩が読者に伝えるものは無限です。あるいは詩は、文字上であれ意識上であれ、隠喩や象徴のレベルであれ、その伝えるものを保留したがると言えます。詩がわからないことをすべて詩人のせいにすることはできないし、読者もその責任を請け負わなくてはなりません。詩は想像の産物で、生まれながらに神秘性を持っており、いつも読者に開けっぴろげにしたくないという一面が存在していま す。読者と詩人がすべてちょうどいい具合に言葉のパスワードを掌握するというわけではありません。まったく言いたいことがわからない詩は白湯のように透明で味のない詩と同じように問題があり、私はこのような二種類の詩の創作は比較的簡単だと感じています。いかにして読んだものを個人の理解に結びつけるかは、まず自分の読書習慣を養い、読書経験の中から自己の理解力を高めていくしかないと私は思っています。

二、詩の翻訳

1．日本語の四種類の文字の表記（漢字、ひらがな、カタカナ、ローマ字）は、詩に変化の感覚を与えると同時に翻訳者には大きな難題を与えます。同じ漢字を使っている中国語を日本語に翻訳するのは、その他の言語に翻訳するのに比べて比較的簡単でしょうか。

まったくその反対です。四種類の文字表記が翻訳の難度を上げているようには私には感じられません。日本の現代詩の翻訳で言えば、最も難しいのは変幻自在で語義を固定する助詞で、もちろんそれには主語の省略や動詞のアスペクトも含まれます。更にもう一つ付け加えるとしたら、日本語という言語の情緒性と曖昧性にいかに対応するかということでしょうか。私はかつて日本語で書いた文章の中で、日中両言語で同じように使われている漢字の問題について言及したことがあります。日本語の中には漢字があるために中国語を母語とする我々は落とし穴に落ちてしまうのです。というのは我々の日本語の漢語語彙に対する主観的意識と先入観があまりにも強すぎる、あるいは漢語の修辞への依存があまりにも大きいからです。漢字は日本に伝わってから三つの状態が生じています。①中国語の修辞のもともとの意味を縮小している。②中国語の修辞のもともとの意味を拡大している。③中国語の修辞のもともとの意味を元のまま手を付けずそのまま使っている。この三点の他に、更に日本語にしかない漢字（日本語では国字と言う）を創造発明しています。私の個人的な経験から言うと、前の二つで往々にしてうっかり間違いを犯しやすいです。

2．詩の中で完全に作者の意図を把握できない言葉に遭遇することはありますか。もしあったとしたら、どのように処理しますか。

現代詩を翻訳する人なら当然誰でもそのような問題に遭遇します。もし翻訳する対象の詩人がまだ健在ならば、メールでも電話でも聞くことができます。もしすでに亡くなっている場合は、批評家がかつてその詩を解読・分析したものを探してきて、他人の解読が私のその詩に対する理解の参考になることはあります。どちらもできない場合は、詩篇の意義に基づいて合理的な判断をしますが、その前提となるのはできるだけ原作の意義を越えないようにし、改めて文脈や詩行の律動、前後関係や指しているものを慎重に整理します。

3.「かっぱ」という詩を読むと、最初に感じるのは「施氏食獅史」（早口ことば）のように翻訳不能だということです。しかしあなたは一年あまり時間をつかって訳稿を練り上げました。このお仕事には訳者の個人的な興味の範囲を越えて、訳者の責任感を感じるのですが、その責任感はあなたが翻訳するときにどんな作用を及ぼしているのでしょうか。

私は確かにある文章で「かっぱ」の翻訳で得た収穫について語りました。外在の韻律を重視するだけで、内在する意義を重く見ないこのような種類の詩は、詩の創作の基本倫理を逸脱して翻訳に挑まなくてはなりません。この詩の翻訳の過程で、私は本当に苦しみ抜きました。詩の外在するリズムはそのまま詩の外在する音で、更にその母語の上に成り立っている音は別の言語に置き換えようがありません。はじめはこのような種類の作品の翻訳はあきらめようかと思いましたが、自分が一人の研究者であることを考えると、責任感がわいてきて、真剣に挑戦せざるを得なくなり、逃げることができなくなったのです。中国語の読者に詩人の欠落のない完全な顔を見てもらうため、あえて谷川俊太郎の全てかな（一部はカタカナ）表記の『ことばあそびうた』シリーズの作品を翻訳しました。「かっぱ」はその中の一篇なのです。このもともと翻訳しようのない、翻訳を拒絶しているような詩は、詩そのものが示す意義は大きいものではありませんが、このような書き方は日本語の表現空間を押し広げたという意味で、積極的な評価を与えられています。日本語を勉強している人は誰でも知っていますが、日本語は韻を踏むのがとても難しい言語であり、詩人の谷川はまさに自分の母語のそういう欠点に挑戦するためにこのような作品を作り出したのです。そしてそれは私に何らかの作用を及ぼし、こういった不可能を可能にするような挑戦のチャンスを与えてくれたのです。参考のため、この短い詩の原文と翻訳を挙げておきます。

かっぱ

かっぱかっぱらった
かっぱらっぱかっぱらった
とってちってた

かっぱなっぱかった
かっぱなっぱいっぱかった
かってきってくった

河童

河童乗隙速行窃
偸走河童的喇叭
吹着喇叭滴答答

河童買回青菜葉
河童只買了一把
買回切切全吃下

4．日本の俳句から誕生した三行情詩は、中国でおおいに流行りましたが、中国語に翻訳された日本の現代詩はあまり多くないようです。この現状についてはどうお考えですか。

いわゆる三行情詩が日本の俳句を起源とするものなのかどうかは、考察を待たなくてはなりません。というのも俳句は単に愛情だけを表現したものではないからです。漢俳（三行詩）は日本の伝統的定型詩の俳句から直接生まれたものでしょう。世界で最も短い詩の形式をなしていますが、俳句は実際には改行しません。ただ五・七・五の十七音節だけです。

日本の現代詩の翻訳が多くない原因は、まず第一に翻訳の人材が足りないこと、その次は詩の不確定性によって翻訳の難度が高いことと不可分です。小説や散文に比べて、詩の翻訳は発表・出版するのが難しいのが客観的事実です。何年も前から、私は国内外で日本の現代詩を翻訳できる人材がいないか留意していて、現在基本的には数名がいますが、私たちは微力を尽くして中国の読者の日本現代詩に対する要求を満足させようと努力しています。

三、詩を作る

1．あなたは詩の翻訳と同時に詩の創作も行っていますが、詩を作るのと詩を翻訳するのでは、心理的に違った感覚がありますか。詩を翻訳するときに、詩を創作するときの習慣を持ち込んでいますか。

二年前に華東師範大学の博士課程の院生が私にインタビューし、そのときに同様の問題について話したので以下に引用します。

私は翻訳に打ち込んでいるときには忘我の創作状態に非常に接近します。すなわち翻訳と創作はやはり根本的に区別が存在するということです。私は翻訳では能動的で、創作では受動的です。私の友人で、アメリカ、ミシガン大学の准教授で詩人・日本文学翻訳家のジェフリー・アングルス（一九七一―）は翻訳について独創的なことを言っています。「原作者の声を自分の心の中に取り入れて、それからそれを自分の声にして出す」。翻訳はテキストを置き換えますが、創作は不毛の地における開拓と発掘です。前者は原作者との力比べで、後者はスタートラインからのダッシュです。この二つの行為は、どちらも自分が持っている語彙と知識を総動員して自分の言語の表現能力に挑戦しますが、翻訳には無形の制約と守り従わなければならないものがあります。品格があって礼儀正しく秩序を履行するように。創作は自由に駆け回り規則からはみ出し、一種の無政府状態です。

2．詩を作ることはあなたの物の見方を変えますか。

それはかなりあると思います。詩を書くのはある意味個人の宗教を作り上げるようなものです。信仰は人を博愛に、おおらかに、穏やかに、満足させますね。私は日本語の文章でこのように書いたことがあります。「詩を書くのは他者に対する愛を表現することだ」。ここでいう他者とは狭義のものではなく、広いさまざまな元素を包括し、死、大自然、宇宙なども含まれます。自分の成長過程を振り返ってみると、詩は私に純粋性を保たせてくれ、より遠くを見えるようにしてくれ、事物に対して更に深く洞察し哲学的に思考するようにしてくれています。

3．自分の詩を翻訳したいと思いますか。

したいと思っただけでなく、実際私は自分の日本語の詩をかなり翻訳しています。作者も訳者も当事者である自分から出てきますが、しかしいったん翻訳作業に入ると、その他の詩人の作品を翻訳するのと何のちがいもありません。同じように一つの名詞や動詞に捕らわれ、再起不能や一時放棄に陥り、翻訳できない詩句に悪戦苦闘し続けるのです。

4．あなたはかつて最も良い翻訳者は未来にいるとおっしゃっていました。最後に未来の翻訳者・創作者たちのために何か言葉をいただけないでしょうか。

私は務めている大学の大学院で翻訳学の授業を開いています。私はある三人の観点を引用して、翻訳家になろうと志している院生たちと一緒に学んでいます。その一人はイギリスの翻訳家タイトラー（一七四七―一八一四）で、彼は『翻訳の原理を論ずる』の中で次の三原則を述べています。①訳文は完全に原作者の思想を復元しなくてはならない。②訳文の風格と筆致は原文の性質と同じものでなくてはならない。③訳文は原作と同じように流暢でなくてはならない。二人目は皆さんご存じの厳復（一八五四―一九二一）で、彼の翻訳観である「信、達、雅」はタイトラーの観点を継承しているようです。厳復はタイトラーの影響を受けたのではないかと私は考えています。三人目は林語堂（一八九五―一九七六）です。彼の三つの翻訳基準は①忠実である、②読みやすい、③美しい。これは厳復の「信、達、雅」と言っていることはほぼ同じです。林語堂はさらに翻訳者の三つの責任を提出しています。①翻訳者は原著者に対して責任を負う。②翻訳者は中国の読者に責任を負う。③翻訳者は芸術に対して責任を負う。二つの言語の間を自由自在に走り回りたいと思えば、外国語の能力と母語の能力が同じように高度でなくてはならず、また同時に翻訳は翻訳者の学識に対して更に高く更に多くの要求を出してくるはずです。

二〇一五年四月　城西国際大学研究室にて

初出一覧

歌声	「星座」2010 年 10 月号
浮浪者	「現代詩手帖」2011 年 5 月号
階段	「新美術新聞」2010 年 4 月 21 日
草原にて	「文學界」2011 年 3 月号
蜘蛛の夢	「現代詩手帖」2012 年 1 月号
津波	「公明新聞」2012 年 3 月 4 日
かならず	「現代詩手帖」2013 年 1 月号
呪術	「読売新聞」2013 年 6 月 17 日夕刊
天国は	「世界」2011 年 5 月号
冬の季節	「東京新聞」2011 年 3 月 26 日夕刊
夢の蛇	「抒情文芸」2011 年夏季号、7 月
尋ね人	「びーぐる」21 号、2013 年 10 月
樹と鳥	「びーぐる」25 号、2014 年 10 月
水は	「読売新聞」2010 年 7 月 18 日夕刊
夜桜	「びーぐる」11 号、2011 年 4 月
落日	未発表
瞬間の哲学	『ジャイアントフィールド・ジャイアントブック』2009 年 12 月
ユダヤ人	未発表
一夜	未発表
月光	「抒情文芸」2015 年秋季号、10 月
龍	「現代詩手帖」2014 年 1 月号
フフフ	「Ezra Pound Review」16 号、2014 年 3 月
無題 I	「現代詩手帖」2015 年 7 月号
無題 II	「現代詩手帖」2015 年 1 月号
四行連詩	「カリヨン通り」12 号、2015 年 3 月

夢《ゆめ》の蛇《へび》

著者
田原《ティエン・ユアン》

発行者
小田久郎

発行所
株式会社思潮社

〒一六二—〇八四二　東京都新宿区市谷砂土原町三—十五
電話〇三（三二六七）八一五三（営業）・八一四一（編集）
FAX〇三（三二六七）八一四二

印刷所
三報社印刷株式会社

製本所
小高製本工業株式会社

発行日
二〇一五年十月三十一日